HASTA QUE FUE INEVITABLE

Oficina WonderBooks #4

Primera edición: Abril 2022

Copyright © Elsa Tablac, 2022

Hasta que fue inevitable

Oficina WonderBooks #4

Elsa Tablac

CAPÍTULO 1

R UBY

—¡Ruby! No me estás escuchando.

Levanté la cabeza y me encontré con el rostro desencajado de Alice. Tenía toda la razón. No había procesado ni una sola de las frases que había soltado en el último minuto. Tal vez minutos, en plural.

Estaba hablando de trabajo, eso sí me había quedado más o menos claro.

—Sobre lo de acompañar a Linley a esa feria de Miami —dijo, a modo de resumen.

Alice era una de mis compañeras editoras y trabajábamos al servicio —o más bien, a las órdenes— de Laura Linley, nuestra implacable jefa en la editorial WonderBooks. Pasábamos tantas horas al día juntas, nuestras mesas estaban tan cerca la una de la otra, que podía decir sin atisbo de duda que era la persona que mejor conocía en esta ciudad.

Sí. Iba a ser muy complicado ocultarle mi pequeño secreto durante mucho tiempo más.

Sobre todo porque empezaba a reflejarse en mi rostro, en forma de dos contundentes círculos oscuros bajo mis ojos, producto de las últimas dos noches que había pasado sin poder pegar ojo.

—¿Hemos de ir las dos a Miami? —le pregunté.

—No, es lo que te decía. No hace falta. Sé que estás ocupada con la próxima novela de Leah Ellington, que, por cierto, debe estar al caer, ¿no? ¿No venía a Nueva York esta semana?

Asentí.

—Eso me recuerda que he de pasar por el departamento de derechos y que preparen ya el contrato para sus próximas novelas —dije—. Laura quiere que lo deje todo bien atado. Al menos para los próximos tres libros. Si la perdemos me mata.

Leah era una de nuestras autoras de más éxito, pero era jovencísima. Prácticamente una niña. Por suerte, vivía en Montana y eso de alguna manera hacía que no me preocupase tanto por ella. Le había prometido a nuestra jefa que estaría super bien atendida cada vez que visitase Nueva York, a pesar de que eso siempre me generaba ciertos niveles de estrés.

Tiendo a preocuparme más de lo necesario, y la próxima visita a la ciudad de Leah llegaba en un mal momento.

Y eso tiene que ver con el "secreto".

Y el "secreto" era lo que había pasado con Brock Everton en el cuarto de las fotocopiadoras.

Levanté la vista de mi taza, ya con el café casi frío, y me encontré de nuevo con la mirada vigilante de Alice. Tenía que salir de allí lo antes posible, porque su siguiente pregunta sería bastante más personal.

—¿Volvemos a la mesa? —pregunté.

Quería evitar cotilleos indiscretos. Se encogió de hombros. Alice dejó su taza en el fregadero y salió de la cocina donde nos reuníamos para hacer un breve descanso, todos los días a las diez en punto de la mañana.

La seguí por el pasillo y cuando pasamos cerca del rincón donde estaba el departamento informático, formado por Ashton,

Brock y un tercer tipo cuyo nombre siempre he pretendido olvidar bajé la mirada deliberadamente. Hacía tres días que esquivaba sus ojos, a pesar de que tenía la sensación de que me observaba desde cierta distancia.

Alice se sentó en su mesa. Sobre ella, dos nuevos manuscritos que alguien había dejado en nuestra ausencia.

—Díos mío, ¿quién ha sido esta vez? —miró a izquierda y derecha, pero nadie se inmutó. Como si no supiera que había sido nuestra querida "sargento Linley".

En nuestras mesas caían continuamente tochos de papel que, se suponía, debíamos leer con atención; pero en esos días yo estaba exenta, gracias al éxito fulgurante de Leah, que era una de las autoras cuyos lanzamientos gestionaba. Es decir, siempre había algo nuevo que leer, pero yo estaba más bien centrada en mi autora estrella. Aún así, mi trabajo es esencialmente leer; y tengo la suerte de poder decir que me encanta.

Alice dejó de quejarse enseguida. ¿A quién quería engañar? Probablemente era la editora más enamorada de su trabajo de todas las que rodeábamos la pecera donde vivía Laura Linley.

Su murmullo quejumbroso se fue apagando. Abrió el nuevo manuscrito y se puso a leer, y entonces respiré algo más tranquila, porque supe que el mundo para ella había desaparecido; incluida yo misma y mis últimos acontecimientos.

Moví el ratón para que se encendiese la pantalla y me encontré un mensaje parpadeante en la esquina inferior del ordenador. Hice click sobre él y en cuanto me di cuenta del destinatario lo minimicé y abrí Google, para apartarlo físicamente. Era un mensaje de Brock, y me escribía a través del chat de la empresa.

Me había enviado un simple "hey".

HASTA QUE FUE INEVITABLE

Una sola palabra que había bastado para que fuese consciente de que tenía órganos internos, en especial uno llamado corazón, que no solo bombeaba sangre. También me avisaba de ciertos peligros. En cierto modo, me protegía.

No abrí su mensaje para que no supiera que lo había leído. Algo bastante inútil, teniendo en cuenta que trabajo pegada al ordenador durante ocho o nueve horas diarias y que es difícil que se me escapen ese tipo de cosas.

¿Qué había pasado para estar así, prácticamente sin comer ni dormir los últimos tres días?

No era el aterrizaje de Leah en la ciudad.

Fue lo de las fotocopias.

Oh, sí.

Aquel maldito error que ahora me atormentaba.

El cuarto de las fotocopias es, como la cocina de la planta catorce, un pequeño habitáculo donde la gente acude a chismorrear y a ahogar pequeños gritos de frustración en un mal día. Es uno de los pocos espacios de WonderBooks —junto con los baños y la cocina— cuyas paredes no son de cristal, y por tanto es un buen sitio para esconderse si la situación lo requiere.

También hay impresoras, que prácticamente solo usamos nosotras, las editoras, cuando preferimos leer los manuscritos en papel; porque ya nadie más imprime nada.

Ese trabajo generalmente recae en alguna de las dos becarias de nuestro departamento; pero mi amor por el material de oficina hace que disfrute intensamente de esos pequeños placeres, como manejar grandes montones de papel, perforar y encuadernar.

Pero volvamos a Brock y el "secreto".

Hacía solo unos días estaba imprimiendo la nueva novela de Leah para pasarle una copia a Linley cuando el papel se atascó.

Este pequeño inconveniente, que no es tan habitual, no suele amedrentarme. Por lo general, consigo solucionar esos entuertos técnicos yo sola porque como decía, me gusta imprimir y encuadernar los manuscritos que manejo.

Pero esa mañana algo claramente andaba mal con la impresora principal.

Estaba sola en el cuarto, intentando localizar el problema en las tripas de la máquina, cuando la puerta a mi espalda se abrió.

Y entonces entró Brock.

Cerró la puerta, me miró y suspiró.

—¿Se ha atascado otra vez? —preguntó.

—¿Otra vez?

—Es la tercera vez esta mañana.

—¿Cómo sabías que...?

—Es mi trabajo detectar los errores del sistema, Ruby.

Sonrió y fue entonces cuando algo hizo "click" en algún sitio, cuando vi a un Brock distinto al que había conocido durante los últimos años. Un personaje atractivo e irritante que caminaba siempre junto a Ashton Fuller como si fuera su paje, y para el que yo era totalmente invisible.

Brock Everton. Sabía su apellido porque estaba en el directorio de nombres de la empresa y, si no recordaba mal, jamás había intercambiado ni una sola palabra con él que no estuviese relacionada con mi propio ordenador (y esto solo cuando habría experimentado algún problema, o aquel día que él tuvo que actualizar algo del *software* y tardó un par de horas en devolvérmelo).

El caso es que, tal y como me di cuenta en ese preciso instante, Brock era un completo desconocido, un ente de la oficina al que apenas había prestado atención y con quien jamás me había cruzado en los ascensores, ni en la puerta del edificio.

Es decir, para mí, él solo existía en mi mundo laboral y fuera de él no tenía ningún sentido. Traté de recordar si alguna vez había pensado en él estando fuera de WonderBooks, en casa o en el metro.

Jamás.

Ese día, delante de la impresora estropeada, sin embargo, me di cuenta de lo atractivo que era.

Ese día LO VI.

Me coloqué a su lado y observé cómo desmontaba parte de la máquina. Vestía unos vaqueros negros y un polo azul marino de manga corta que acentuaba sus brazos fuertes y torneados. Sin duda Brock había estado ejercitándose últimamente; porque si no recordaba mal hasta no hacía mucho parecía el típico *nerd* que estaba más cómodo entre pantallas y cables que entre personas. De ahí, pensaba, que jamás lo hubiese visto fuera de la planta catorce.

¿Qué le habría pasado?

De repente levantó la vista y me pilló con la mirada fija en sus brazos.

La aparté enseguida y la desvié hacia la puerta, confiando en que Alice o Linley entrasen de repente y me rescatasen de algo muy raro.

Recuerdo la sensación que tuve, con él a solas junto a todo aquel montón de papel atascado, que tal vez todo estaba siendo un espejismo. De repente me sentía atraída por un hombre al que conocía, pero que hasta ese momento había sido prácticamente invisible para mí. Un compañero de trabajo con el que apenas había cruzado cuatro o cinco conversaciones estrictamente profesionales.

Lo primero que pensé: *¿Cuánto hace que no sales con un hombre, Ruby? ¿Un año? ¿Tal vez un año y medio? Tu cuerpo te está jugando malas pasadas.*

Sí, porque ya era mi cuerpo lo que empezaba a rebelarse. Sentía un intenso calor y aquella máquina condenada no ayudaba.

Llevaba un año con la cabeza enterrada entre montañas de libros y me sentía como si aquella fuese la primera vez que levantaba la mirada en siglos. Con la mala suerte de que Brock se cruzó en mi camino.

—Creo que esto ya está —dijo, guardándose el destornillador en el bolsillo trasero del pantalón—. Aunque tendrás que volver a enviar el documento a imprimir. O al menos las páginas desde donde se produjo el atasco... Ruby.

Tal vez fue esa pausa deliberada entre sus indicaciones técnicas y mi nombre.

Sonrió de nuevo.

No sé qué me pasó. Lo juro. Jamás podré encontrar una explicación racional.

Solo sé que di dos pasos hacia él, me puse de puntillas y lo besé.

Así sin más. Nuestras lenguas se enredaron durante unos segundos, y de repente la suya se detuvo en seco.

Noté como sus manos se posaban sobre mis hombros y me apartaba suavemente.

Cuando volví a abrir los ojos los suyos estaban muy abiertos; como si hubiese presenciado un horrible accidente.

No me gustó su gesto de total desconcierto, pero sobre todo quise que un agujero se abriese en el suelo y me tragase.

De inmediato.

—Ruby, yo...

No quería oírlo.

No quería oír cualquier excusa que hiciera que me sintiese peor.

Cogí el bloque de papel que sí había logrado imprimir de la bandeja de la máquina y retrocedí los dos pasos de mi atrevimiento.

Murmuré una disculpa, pero creo que en realidad me disculpaba conmigo misma.

—Eso ha estado un poco fuera de lugar —susurré, aunque no sé ni si me entendió.

Ni siquiera oí lo que me dijo.

Dijo algo, pero ni siquiera lo procesé.

Salí de allí corriendo y lo primero que pensé era que tenía que entender qué problema tenía, qué me había llevado a actuar así, qué me había llevado a pensar que se había creado entre nosotros algo propicio para acercarme a él de esa manera, en aquel punto muerto de la oficina.

Había hecho el ridículo.

Hacía tres días de aquello, y todavía me sentía enferma.

CAPÍTULO 2

BROCK

Observé el chat que acaba de iniciar con Ruby. Mi "hey" se había quedado colgado en la pantalla, tres letras que, pasados cinco minutos, aún no tenían respuesta. No lo había leído, o no se había molestado en abrirlo. *Supongo que me lo tengo merecido.* Evan, mi compañero en el departamento de sistemas, acababa de sentarse en la mesa de al lado.

Soltó un gruñido. Algo ininteligible.

Respondí con un ladrido similar.

A veces nos comunicábamos así. A Naomi, la nueva directora de marketing le horrorizaba escucharnos.

Devolví la vista a la pantalla y después al teclado, y empecé a escribir:

¿Tendrías un rato libre a lo largo de hoy para tomar un café?

Me detuve antes de pulsar "enviar".

Lo borré.

—¿Has visto a Ruby hoy? —pregunté a Evan.

—¿Quién era Ruby? ¿La pelirroja?

Le lancé una pelota de goma.

—¡Qué! —exclamó—. A veces solo las distingo por el color de pelo. Aquí hay demasiada gente. Bueno, y también por...

—Santo dios, cierra el pico, Evan. Solo lo pregunto porque he visto que vienes del despacho de Linley.

—Sí, la he visto, ¿por qué?

—¿Qué hacía?

—Estaba en su mesa.

—¿Mirando el ordenador?

Evan me miró.

—No veo a dónde quieres llegar.

—Ruby, la editora pelirroja —insistí—. ¿Estaba en su mesa trabajando? ¿Mirando la pantalla o leyendo esos montones de papel?

—También conocidos como libros... Ya sabes, lo que fabricamos aquí.

Nuestro jefe, Ash, entró en aquel momento. No tuvo ningún problema en interrumpir nuestra conversación de besugos para encomendarnos un par de tareas. Y tal vez era mucho mejor así. Había estado a punto de contarle a Evan en un par de ocasiones en esa misma mañana lo que había pasado con Ruby en el cuarto de las fotocopiadoras; y dado que se refería a ella como "la pelirroja", tal vez no era el más indicado para guardar mi pequeño secreto.

Bueno, no era exactamente un secreto.

Era solo algo que había sucedido y en lo que no podía dejar de pensar. O más bien no podría dejar de pensar en Ruby.

Todavía no podía creerme lo idiota que había sido. Había tenido el cuajo de apartarla de mí, incapaz de creerme lo que estaba sucediendo. Que no era otra cosa que la mujer más atractiva de la oficina acercándose peligrosamente.

No sé por qué lo hice. Detenerla, quiero decir. Tal vez por lo inesperado, porque jamás hubiese soñado con que alguien como ella, un auténtico ángel, fuera consciente de mi existencia, aunque fuese solo durante unos segundos, en un microcosmos como la habitación de las impresoras.

Pero lo vi muy claro en sus ojos.

Se arrepintió enseguida.

Eso ha estado un poco fuera de lugar.

Se retractó, se disculpó y antes de que pudiese reaccionar, detenerla y devolverla al lugar donde ya sentía que pertenecía y que no era otro que mis brazos, me dejó solo en aquel maldito cuartucho.

Temblando.

Tardé un buen rato en salir de ahí.

Cuando me recuperé del *shock* di unas vueltas por la oficina, papel en mano, completamente turbado. La vi en un par de ocasiones, con la cabeza apoyada entre las manos, concentrada en su lectura.

En el resto de los paseos de ese día observé su mesa vacía. A las seis en punto de la tarde me acerqué de nuevo con la esperanza de interceptarla antes de que se marchara a casa.

Pero ya no estaba.

Al día siguiente no apareció por la oficina.

Su amiga Alice torció el gesto cuando pregunté por ella, porque era la primera vez que lo hacía.

Hoy trabajará desde casa, me dijo. *No se encuentra bien.*

Pero ya estaba de regreso. Y aquel día, de nuevo, existía la posibilidad de reencontrarnos si nuestras obligaciones nos dejaban un respiro.

Mi "hey" se quedó solo en medio de un mar blanco de bits. ¿Había perdido mi única oportunidad con ella?

Me negaba a creer que fuera así.

Ash se levantó y abandonó de nuevo su cubículo.

—Hey.

"Heys" no atendidos.

—Brock.

Giré la cabeza para atender a Evan.

—¿Qué demonios te pasa hoy? —me preguntó—. ¿Estás de resaca?

—No. Estoy cansado, es todo.

Me miró sin creerse ni una sola palabra. La gente que trabaja a tu alrededor durante ocho horas diarias acaba por conocerte mejor que tu propia madre. La cuestión era que lo de Ruby me estaba devorando por dentro. No tenía su número de teléfono personal. Y no me atrevía a apartarla de lo que fuera que estaba haciendo, y que muy posiblemente era más importante que mi propio colapso.

—Si te cuento algo, ¿prometes no decirle nada a Ash? —le pregunté a Evan.

Era curioso, al mismo tiempo que le lanzaba aquella absurda pregunta ya me estaba arrepintiendo de contárselo. Evan era un poco bruto a veces, pero a pesar de todo no era alguien que fuese chismorreando por ahí.

—Por supuesto —contestó sin pestañear.

Decidí que iba a ser elegante.

—Ruby y yo nos besamos el otro día —dije—. En el cuarto de las fotocopiadoras.

Entonces sí, mi colega pestañeó.

—¿Cómo?

—¿Ahora sí sabes quién es Ruby?

—¿La pelirroja y tú? Pero, ¿desde cuándo? Nunca has hecho el más mínimo comentario sobre ella. ¿El otro día? ¿Y has tardado días en contármelo?

Respiré hondo. Tendría que haber cerrado la maldita boca. Ahora iba a tener que responder a todas y cada una de sus preguntas, pero la verdad era que necesitaba un pequeño empujón que me guiase en la dirección más correcta.

—Hace dos días. O dos y medio, ya no sé —dije—. Recibí un aviso de atasco de papel. Fui a arreglarlo y ella estaba allí. Sola. Y pasó. Se acercó y me besó. Y yo como un idiota la aparté. La busqué después y no conseguí hablar con ella.

Evan me miró como si hablase en chino.

—Espera, espera. ¿Dices que ella te besó? ¿Que tú no tuviste que hacer absolutamente nada? Tu tono de voz lastimero me suena a problema. ¿Dónde está el problema?

—El problema es que se arrepintió al instante.

—¿Cómo lo sabes?

—Miró al suelo, se disculpó y se largó a toda prisa. Creo que fui un idiota.

—En eso te doy la razón. Lo fuiste. Pero, dime una cosa, ¿por qué Ash no puede saber nada de esto?

Suspiré.

—Porque sería el primer paso para que el rumor se expandiera por la oficina, y ya conoces las normas con respecto a los líos entre empleados...

Evan se levantó y apoyó el codo sobre una de mis pantallas. Mientras me encaraba, me bendijo una vez más con su sabiduría:

—Tres cosas. Una: Esas normas no existen. Son una leyenda urbana. Dos: Yo soy el primer paso para que el rumor se expanda, no Ash. Pero tranquilo, soy una tumba. Y tres: acércate a ella, dile que has de hablar en privado un momento. Y cuando estéis solos la invitas a salir. Problema solucionado, ¿no?

—¿Ahora?

—Dios, Brock. Estás irreconocible. No tengo la menor idea de lo que pasó ahí dentro, pero yo diría que las cosas están bastante claras.

Su mano se estrelló sobre mi hombro, y ese fue todo el empujón que necesité.

Yo mismo podría haber llegado a cada una de esas conclusiones y me habría ahorrado el explicarle todo aquello tan pronto a Evan. Pero necesitaba esa reafirmación, un permiso implícito del universo para encarar mi reencuentro con Ruby.

O tal vez estaba sacando las cosas de quicio.

Sin añadir más, me levanté de mi silla y lo dejé atrás; y no reaccioné cuando dijo, a mi espalda: *Necesitaré que me mantengas informado sobre cómo evoluciona lo de la pelirroja.*

Avancé por los pasillos de WonderBooks, sin saber exactamente qué decirle cuando me la encontrase, pero sabía muy bien que necesitaba ver a Ruby y dejarle claro que no había sido ningún error.

Me crucé con Linley, quien levantó una ceja al verme. A veces dudaba sobre si esa era su manera oficial de saludar, o simplemente era una manifestación de todo lo que sabía. Llevaba tantos años ahí como el mismo edificio. A veces daba la impresión de que escaneaba cualquier rincón con la mirada y sabía con exactitud qué se estaba cociendo.

Susurré un "hola" cuando pasé por su lado. No me contestó, y en cambio me observó durante dos segundos más de la cuenta. Sabía muy bien lo protectora que era Laura Linley con su equipo, con sus editoras; entre las que se encontraba Ruby. Las acogía bajo su ala férrea y protectora y las convertía en pequeños robots lectores.

En ese momento me di cuenta de que no conocía en absoluto a Ruby; y ese era uno de los motivos por los que hacía casi tres días que no dejaba de pensar en su beso robado e inesperado.

Un beso totalmente fuera de contexto.

Llegué a la zona donde se sentaban las editoras y la vi en su mesa, tecleando en el ordenador. Me acerqué con cuidado de no sobresaltarla, porque era evidente que estaba concentrada. Miré con disimulo por encima de su hombro. Estaba redactando un e-mail, y en la esquina inferior de la pantalla parpadeaba mi mensaje, aún sin leer.

—Ruby —murmuré en voz baja.

A pesar de mi tono suave y desafectado, sus hombros dieron un pequeño respingo.

Se giró como si hubiese reconocido mi voz al instante.

—¿Tienes cinco minutos?

Se tomó unos segundos antes de contestar, pero yo soy un impaciente.

—Dos minutos —aclaré.

Ruby asintió. Se levantó y me siguió.

La conduje de nuevo hasta nuestro lugar secreto; aunque podría haber escogido algo más estándar, como la cocina. Sabía muy bien que el cuarto de las fotocopiadoras estaría mucho menos transitado, pero eso no quitaba que alguien pudiese descubrirnos si volvía a pasar lo que tanto deseaba.

Caminaba delante de ella, pero sentía como la mano derecha me temblaba ligeramente.

Ruby vestía una camiseta roja que dejaba a la vista su hombro izquierdo; y la visión de su piel blanca y suave me había turbado por completo hasta el punto que había olvidado por completo qué iba a decirle. Si es que en algún momento lo había tenido mínimamente claro.

Me aparté y la dejé pasar dentro de aquel cuarto, siempre en la penumbra, siempre pobremente ventilado. Muy pronto esos pocos metros cuadrados se llenarían con nuestra propia respiración. Ojalá con sus jadeos, pensé; y sentí que mi deseo ya se desbocaba y estaba a punto de traicionarme.

Pero Ruby parecía mucho más entera y segura de sí misma que el momento en el que se apartó de mis brazos. Se plantó en el centro de la habitación, cerré la puerta a mis espaldas y me apoyé sobre ella. Inconscientemente quería evitar que alguien nos interrumpiese. Observé su apetitosa figura. Se quitó las gafas de leer y las colgó en su escote.

—Siento haberte interrumpido —le dije—. Pero quería verte.

Me miró como si no entendiese nada, como si estuviese amnésica respecto a lo sucedido en aquel mismo lugar, hacía ya un mundo.

Decidí abrirme en canal; porque estaba dispuesto a aceptar su rechazo.

—Necesitaba hablar contigo sobre lo que sucedió el otro día.

Abrió la boca para replicar, pero la cerró enseguida, como si súbitamente hubiese decidido que era mejor escuchar primero qué tenía que decir.

—No fue un error como tú crees, Ruby. No dejo de pensar en ello. El error fue mío, por no ir a buscarte enseguida y llevarte fuera de este edificio.

Estaba demasiado lejos. En el centro de la habitación. Yo quería acercarme, pero si dejaba de bloquear la puerta alguien podría entrar. Lo cual era ridículo si tenemos en cuenta que cualquiera que nos encontrase allí encerrados podría extraer conclusiones de inmediato.

Era ella quien tenía que dar dos pasos y acercarse a mí.

Vamos, Ruby. Hazlo de nuevo.

Reacciona, pensé.

Como si me leyese la mente, su cuerpo se activó y caminó hacia mí.

Sus manos se extendieron, sus dedos se enredaron con mi cinturón; y ahí me vi incapaz de mantener el control.

—Es un error —me dijo—. Pero quiero equivocarme otra vez.

La cogí por la cintura y la atraje hacia mi cuerpo. Mi nariz se perdió enseguida en ese lugar perfecto entre su hombro y su cuello, un rincón blanco y desnudo. Desde ahí nuestras lenguas y nuestros labios se encontraron rápidamente.

¿Cómo podía estar mal aquello, Ruby?

¿Cómo podíamos estar equivocados?

¿Un error? ¿En serio?

CAPÍTULO 3

RUBY

Muchas veces, un secreto encierra otro secreto. Y lo que estaba pasando —otra vez— entre Brock y yo, en aquella habitación aislada del mundo que se había convertido en nuestra kriptonita, era algo íntimamente relacionado con algo que sucedió hace unos años, allí mismo. Algo que siempre me había perseguido.

Los dos habíamos decidido enterrarlo entre pilas de papel. Y ese había sido uno de los motivos por los que me había prometido a mí misma no volver a caer en lo mismo.

Con otro compañero de trabajo.

Eso nunca salía bien. O al menos, no a mí.

Y sin embargo, había besado a Brock.

Como una adolescente. Sin calcular ni uno solo de los riesgos.

Y allí estaba de nuevo, permitiendo que sus manos empezasen a acariciar mi cintura.

Entre besos, me preguntó:

—¿Eres consciente de que en realidad no sabemos nada el uno del otro? Lo estaba pensando antes de ir a buscarte.

—A veces es mejor así.

Se detuvo un instante, y enseguida me sentí huérfana de su afecto.

—No, no —dijo—. Espera un segundo. No me he podido contener.

Estaba siendo elegante, porque había sido yo la que se había acercado a él con toda la intención de ser devorada.

—Cuando te he preguntado si tenías cinco minutos —dijo Brock— solo quería saber si te gustaría salir un día a tomar algo después del trabajo.

Estaba pasando.

La promesa que me había hecho a mí misma se estaba desmoronando.

—Verás, Brock... No sé si es el mejor momento para...

Calló mi respuesta tibia con otro beso que, tal vez, pensó, convertiría mis dudas en un sí rotundo.

Seguía apoyado en la puerta impidiendo que nadie la abriese. Traté de hacer memoria sobre quién estaba en la redacción cuando Brock había pasado junto a mi mesa. Linley había salido a fumar a una de las terrazas, y cuando eso sucedía podía pasar una hora hasta que la jefa estuviese de vuelta.

Solo estaba por allí Alice. La persona con la que más trabajaba y la que mejor me conocía. Y la que, sin duda, me habría visto marcharme con Brock.

—No dejo de pensar en ti desde el otro día —me susurró junto al oído.

Empezaba a fundirme con sus palabras, y mis piernas empezaban a separarse la una de la otra.

¿Podía perder el control aún más?

Ese día llevaba una falda con un poco de vuelo que me tapaba las rodillas y caía hasta unas carísimas botas de piel, una de mis más preciadas posesiones.

Sentí la respiración de Brock sobre mi cuello.

Entonces me giré, mi espalda contra su pecho. Sus brazos tuvieron mucho mejor acceso a mi cuerpo. ¿Hasta dónde nos atreveríamos a llegar? ¿Por qué no había manera de dar dos pasos y regresar al centro de la habitación?

No quería recuperar mi espacio. Quería que él lo invadiera.

Apoyé la parte posterior de mi cabeza en su clavícula y esperé a ver hasta dónde llegaban sus manos hambrientas.

Hasta debajo de mi falda, por supuesto. Brock se movía despacio, esperando una barrera, un escudo por mi parte que no llegaba. Era como si dentro de aquellas cuatro paredes la prudente y discreta Ruby se transformase en otra persona. En su reverso.

Los dedos de Brock empezaban a llegar hasta mis bajos fondos. Sabía que tenía que detener aquello de inmediato, que estábamos en mitad de nuestra jornada laboral y que debía volver a mi mesa cuanto antes, pero cada centímetro de mi piel me exigía que me quedase allí, inmóvil, un segundo más. Y otro. Y después otro.

—Vas a tener que detenerme tú, Ruby.

Era una misión imposible.

Su mano derecha se atrevió un poco más, deslizándose por debajo de mi ropa interior.

—¿Puede vernos alguien?

No era una pregunta exactamente, pues ya intuía la respuesta. Estábamos en una habitación aislada.

Brock exhaló sobre mi hombro desnudo. No podía perder más ropa.

—¿Cuánto tiempo llevamos aquí? —pregunté. Era tan fácil como apartarme de él y me veía completamente incapaz de hacer eso.

—Ruby, estás ardiendo.

Sus dedos estaban acariciándome a la perfección. Estaban haciendo que perdiese el norte.

En ese momento, la luz verde de una de las impresoras empezó a parpadear. Dos segundos después empezó a expulsar papel. Y eso solo podía significar una cosa. Alguien estaba de camino a buscar sus documentos.

Me separé de Brock en ese preciso instante, el tiempo justo para recomponer mi falda y el escote de mi camiseta. A él no le iba a dar tiempo a recuperar su ritmo normal de respiración antes de que nos interrumpiesen. Pero Brock no se apartó de la puerta. Seguía manteniendo sobre mí su mirada encendida.

El pomo de la puerta se agitó brevemente. Y justo después, alguien llamó desde el otro lado.

Brock respiró hondo y abrió.

Y era la última persona que me apetecería ver allí. Era Evan, su compañero de trabajo. Se apartó para que pasara. Era imposible que no notase el aire pesado y caldeado de aquel cuarto.

—Siento interrumpir —murmuró—, pero...

No continuó su frase. Señaló hacia la pila de papel que estaba saliendo de la máquina que acababa de cobrar vida.

Evan entró y dio dos zancadas hasta la fotocopiadora. Alargó la mano hasta la bandeja de papel y agarró los folios que la máquina acababa de escupir.

—Esta mañana se está haciendo eterna —susurró, como quien menciona las nubes que nos acechan.

De repente me sentí muy incómoda. Observé a Brock, quien me devolvió una mirada cómplice.

—Nos vemos —susurré en voz alta, aunque por supuesto que me refería exclusivamente a él.

Salí disparada de aquella olla a presión y me dirigí directamente al baño de chicas de la planta catorce. Abrí uno de los grifos y, lejos de salpicarme la cara con un poco de agua fresca, la coloqué directamente debajo del grifo. Me quedé así unos segundos, arruinando el poco maquillaje que llevaba y calmando mis mejillas encendidas.

No me di cuenta de la figura que me observaba desde la puerta. Era Alice.

Cruzó los brazos por encima de su icónico *blazer* de Prada —Alice había decidido empezar a "invertir" en prendas de diseño, tal y como hacía nuestra jefa desde hacía siglos—. Me miró con una media sonrisa perfilada.

—No vas a poder disimular mucho más, Ruby. ¿Qué está pasando con Brock? ¿Vas a contármelo de una vez?

Tenía toda la razón, y como yo había sido testigo de la evolución de su propia historia de amor con Tom, el ex-director de Recursos Humanos, pensé que tal vez debería ponerla en antecedentes, sobre todo porque la irrupción de Evan en mitad de nuestro intenso acercamiento me daba un poco de mala espina.

Sin entrar en muchos detalles, le dije que Brock había irrumpido en mi pensamiento.

Y que nos habíamos besado. Dos veces. Sin salir del edificio en el que trabajábamos.

Alice me escuchó con atención.

—¿Brock no es del equipo de Fuller?

—Así es.

—Y de...

—Y de Evan. Sí. Trabajan codo con codo en el mismo departamento.

—Dios, ¿crees que habrán hablado entre ellos?

—No. Esto es demasiado reciente y en cambio hace siglos de lo de Evan.

—¿Siglos?

—Al menos dos años. Y fue un completo desastre. Acuérdate de que estuve a punto de buscar otro trabajo.

Alice asintió. El motivo por el que le había dicho a Brock que aquello era un error era porque algo similar había pasado con Evan, cuando Brock aún no trabajaba con él, en una fiesta de Navidad. No quiero justificarme; pero acabamos liados y me sentí fatal durante semanas. Primero, porque me di cuenta de que Evan me gustaba. Y segundo, y más importante, porque por entonces él estaba casado.

Lo dicho. Un completo desastre.

Durante un par de meses anduve escondiéndome detrás de las columnas y de mis pilas de manuscritos.

Al cabo de un tiempo me enteré de que Evan se había divorciado, por lo que entendí que su matrimonio ya hacía aguas desde hacía un tiempo y que tal vez, solo tal vez, yo no era una destrozafamilias.

Eso no quitaba que me sintiese algo culpable, aunque él tuviese gran parte de la responsabilidad. Aunque nunca hubiésemos ido más allá de unos besos.

La cuestión era que yo había enterrado aquello en algún lugar muy profundo de mi memoria y que mi acercamiento repentino hacia Brock, mi impulso, tal y como yo misma lo llamaba, no había hecho otra cosa que desenterrarlo.

Y él había tenido la desfachatez de interrumpirnos.

De cortar el aire para recoger papeles que desde su departamento jamás imprimían.

¿Casualidad?

CAPÍTULO 4

RUBY

Me senté de nuevo en mi mesa, con la respiración aún agitada. No podía seguir ignorando lo que me pasaba. Sentía algo —lo que sea— por él y tal vez era el momento de afrontarlo. Noté de nuevo la mirada de preocupación de Alice. *Nunca te había visto así*, me dijo justo antes de sentarnos.

Claro que no. Porque dentro de aquel edificio era la empleada perfecta, obsesionada con hacer bien su trabajo. Y no me había visto así cuando sucedió lo de Evan porque aquel breve encuentro, en el fondo, no tuvo el más mínimo efecto sobre mí.

Y entonces me di cuenta: que aquel había sido el error. No este. Brock no era ningún error. Era un nuevo e inesperado comienzo.

Vi una sombra apareciendo a la derecha de mi campo de visión.

—...¡Ruby!

Alice me llamaba, y a pesar de que contaba con toda su confianza, solo pretendía avisarme de que Laura Linley llevaba un rato cerca de mi mesa, tratando de llamar mi atención.

Cuando nuestras miradas se cruzaron, nuestra jefa hizo un gesto con sus dedos, un chasquido militar, que todas conocíamos muy bien y que solo podía significar: *a mi despacho. Ahora.*

Me levanté de un salto y me dirigí a la pecera de Linley.

—¿Has terminado con la nueva novela de Leah? —preguntó.

Respiré aliviada. No solo tenía los deberes hechos, sino que en lo que concernía a Leah Ellington no había nadie en aquel edificio que estuviese más al día que yo. Era MI HIJA; mi autora estrella, la que más cuidaba y mimaba. Y por si fuera poco, me entusiasmaba leer su trabajo.

—Leída tres veces. Es fenomenal, Laura. Creo que tenemos un nuevo éxito entre manos.

No sonrió. No parecía que tuviese particularmente un buen día.

—Necesitamos que firme ya. Quiero asegurarme de que WonderBooks publicará sus próximos libros. Todo lo que escriba, de hecho. Estoy discutiendo con Dean el adelanto que queremos ofrecerle, pero no vamos a reparar en gastos. Será sustancioso. Quiero que esté contenta y que no se nos adelanten.

—Oh, no lo harán. Hablé con ella ayer mismo. Está entusiasmada con su próximo viaje a Nueva York.

—¿Cuándo llega?

—El jueves.

—Por favor, habla con Erin. Quiero que se aloje en una buena *suite*. Iremos a comer con ella y con su agente en cuanto pongan un pie aquí, y me aseguraré de que firme ese contrato.

Erin era su secretaria personal, quien gestionaba directamente el alojamiento y los viajes de algunos de nuestros autores más preciados. Me quedé delante de su mesa unos segundos, dudando si preguntarle si ella iba a leer la novela o no.

—Yo la leeré cuando nos lleguen los ejemplares de imprenta —dijo, como si me leyese la mente.

Me observó, mientras se levantaba de nuevo de su carísima silla de diseño y rodeaba la mesa. Se colocó delante de mí.

—Eso muestra lo mucho que confío en tu trabajo, Ruby. Dejo cien por cien en tus manos el trabajo de la nueva novela de Leah. No voy a supervisarlo. Dean, nuestro director, me ha dicho que he de delegar más y creo que tiene razón. Estás más que preparada para coordinar tú sola el proyecto. Sé muy bien lo encantada que está Leah de trabajar contigo... y he pensado que ha llegado el momento.

—¿El momento?

Linley echó un vistazo por encima de mi hombro para asegurarse de que ninguna de mis compañeras andaba cerca.

—¿Cuántos años llevas con nosotros, Ruby?

—Casi cinco.

—Has progresado muchísimo. Lo que quiero decir es que creo que ya es hora de que seas editora senior y que lideres por completo al equipo.

Abrí la boca para replicar. ¿Había oído bien?

—Oh, tranquila —dijo Linley—. Yo no me voy a ningún sitio. Pero creo que si sigues con el mismo nivel de exigencia y buen trabajo, sin duda habrá llegado el momento de una promoción.

—Guau. No sé qué decir...

—Como te decía, es algo que estoy viendo con Liz, de Recursos Humanos, y con Dean, por supuesto. Y generalmente no anunciamos con antelación que estamos barajando una opción como esta. Pero he hecho una excepción porque estamos en una semana bastante clave para nuestro negocio, Ruby.

—¿Lo dices por Leah? Si es por eso, Laura, puedes estar tranquila. Conseguiremos esa novela. Hablé ayer con ella y con su agente y ambas están muy emocionadas con la idea de...

Linley me interrumpió.

A nuestra jefa no le gustaba mucho la palabrería.

—Sí y no. No lo digo solo por Leah Ellington. Como te decía, sé que está en muy buenas manos. Pero precisamente por eso, Ruby. Desde hace unos días te noto un poco ausente. No sé si te sucede algo a nivel personal, y por supuesto no es de mi incumbencia, pero solo quería decirte que confiamos en ti y que tenemos muy buenas noticias a la vuelta de la esquina.

Se acercó y extendió sus brazos, sujetándome los codos en un rarísimo gesto de cercanía y de humanidad. Raro en ella, quiero decir.

—Todo está bien, Laura —le dije.

Pero no podía engañarla. No a Linley. No se le escapaba ni un ápice de lo que sucedía en aquella oficina. No solo parecía tener ojos en la nuca, si no que todas estábamos convencidas de que su secretaria Erin, a quien apodamos "la sombra", le pasaba informes detallados de todo lo que acontecía.

—Lo sé. Sé que dejo a Leah en buenas manos —me dijo, sin apartar la mirada.

Pero Linley había conseguido dejar un poso de amenaza en lo que se suponía que debía ser una buena noticia.

Una excelente noticia para mí.

Murmuré una breve despedida, y me excusé, diciéndole que iba a continuar trabajando si no necesitaba nada más de mí.

Pero al pasar por mi mesa no me senté. Recogí mis cosas sin hacer grandes aspavientos. Cogí mi bolso y lo coloqué entre mi pecho y un par de manuscritos recién encuadernados y me dirigí al pasillo. Ni siquiera apagué el ordenador. Lo dejé en reposo para que mi sesión de trabajo se desconectase sola. Entonces me fui hacia la zona de ascensores y, sin decir nada a nadie, abandoné mi puesto de trabajo.

Necesitaba aire.

Aunque fuese el aire pesado y cargado de estímulos de la ciudad.

Me iré a leer a Central Park, pensé.

Es increíble, pero en cuanto puse un pie en la calle me sentí mucho mejor. Había sido una mañana demasiado intensa y no podía seguir allí dentro, donde sentía que cien ojos me vigilaban y estaban pendientes de cada uno de mis movimientos. La revelación de Linley sin duda me había pillado por sorpresa. ¿Una promoción? ¿Editora senior?

Estaba orgullosa de mi trabajo, por supuesto. Había puesto toda mi energía, por no hablar de las incontables horas, en que lo de Leah Ellington llegase a buen puerto y se convirtiese en una de nuestras autoras de éxito.

De hecho, en el último año y medio había tenido tanto trabajo que ni siquiera me había parado a pensar en que Laura me consideraría para una promoción al puesto de editora senior; aunque esa era mi evolución natural dentro de la empresa.

En cualquier otro momento aquello me habría provocado una enorme ilusión, pero mi impresión era que Linley había escogido el peor día posible para decírmelo.

Y sabía muy bien que lo había hecho porque notaba algo raro. Para motivarme. Era su manera de rogarme que no la cagara.

Que no me permitiese que un hombre me desconcentrara.

Laura Linley, a sus sesenta y pico años, siempre había permanecido soltera. Era muy feliz sin compartir su vida con nadie, o al menos eso se encargaba de decir periódicamente. Siempre nos había dejado muy claro que ella estaba "casada con sus autores" y que se había entregado al cien por cien a su trabajo desde que tenía diecisiete años. Eso, nos aseguraba, le había ahorrado incontables quebraderos de cabeza. Decía que prefería vivir grandes historias de amor a través de los libros que publicaba. Que el amor romántico, en la vida real, era imperfecto y casi siempre doloroso; y que por suerte los libros nos ofrecían la versión mejorada de lo que se suponía que debíamos experimentar.

Alice y yo alucinábamos cuando oíamos sentencias de este tipo en las reuniones informales del departamento, hasta que entendimos que hablaba totalmente en serio.

Linley era una mujer exitosa, y sabíamos que estaba en lo cierto cuando decía que vivía tranquila, que tenía una salud de hierro y que disfrutaba el poco tiempo libre que tenía cuidando de sus plantas, haciéndose mascarillas y tratamientos faciales para mantener ese envidiable aspecto juvenil, pero ¿era sincera cuando nos aseguraba que era del todo feliz?

En todo caso, ¿quiénes éramos para dudarlo?

Entré a Central Park por uno de los accesos del sur del parque, y caminé durante una media hora. Aquel era mi lugar favorito para perderme, el sitio donde siempre iba en una mañana soleada en la que quería pensar por lo que representaba: un gigantesco oasis en medio de aquella selva de edificios perfectos.

Empecé a caminar hacia el oeste del parque, una zona mucho menos transitada en la que había que atravesar una serie de túneles de piedra hasta llegar a mi lugar secreto: una pequeña pradera escondida en la que me sentía perdida en la naturaleza, a pesar de no abandonar en ningún momento el corazón de Manhattan.

Me metí en uno de aquellos túneles. Seguía dándole vueltas a mi reunión con Linley.

De repente, mi corazón dio un vuelco. Algo tiró de mí con fuerza. Una mano me había agarrado por la cintura y me empujó hacia la derecha, donde otro minúsculo túnel crecía dentro de la pared. Estuve a punto de soltar un grito desgarrador, creyendo que no iba a librarme de un atraco en pleno Central Park, algo horroroso y traumático que nunca había experimentado en todos los años que llevaba en la ciudad.

Pero en cuanto su mano presionó mis labios reconocí su olor.

Brock me condujo hasta el túnel dentro del túnel y me aisló de nuevo. *Te he seguido desde la oficina*, me susurró al oído. *Necesitaba verte otra vez y comprobar que lo que ha pasado ha sido real.*

La imagen de Laura Linley acudió de nuevo a mi mente, en el momento más inoportuno, recordándome que debía hacer un último esfuerzo para alcanzar la ansiada promoción y todos los grandes planes que tenía para mí.

Pero yo solo deseaba perderme entre los brazos de Brock.

Allí mismo, unos brazos completamente descontextualizados.

Y eso es lo que hice.

CAPÍTULO 5

B ROCK
—Esto era inevitable, Ruby —le susurré, mientras recorría su cuello salado con la punta de lengua —. La única manera de verte, de hablar contigo sin que nadie nos moleste, es fuera de ese edificio.

Pero eran nuestros cuerpos los que hablaban, mis palabras y su respiración agitada eran una mera comparsa.

No le había quitado el ojo de encima a Ruby desde que me había dejado con el maldito Evan en el cuarto de las impresoras. Y aunque sabía perfectamente que no podía llevar las cosas más allá en aquel sitio, por un momento había soñado con poseerla allí mismo. Con darle lo que su cuerpo me pedía. Pero Ruby no dejaba de escapar de mí una y otra vez, como si creyese que había algo que estuviese mal; como si siguiera aferrada a su absurda idea del "error".

Me la había jugado sorprendiéndola por la espalda en uno de los túneles de Central Park, mientras paseaba sumida en sus pensamientos. Pero no pude resistirme. Me encantó ver cómo el terror instantáneo y cargado de adrenalina se había transformado en deseo en apenas nanosegundos.

—¿Estás bien? —le pregunté. Me separé de su cuello para darle un respiro. Tal vez había llevado aquel juego repentino demasiado lejos.

Ruby asintió.

Estábamos prácticamente a oscuras, protegidos por la piedra fría del túnel que se ramificaba desde la vía principal. Mire a izquierda y derecha. Estábamos completamente solos, sin máquinas que saboteasen nuestro deseo.

Quería hablar con ella, eso era completamente cierto, y decirle lo que sentía desde que me había besado. De cómo se había incrustado en lo más profundo de mi ser y de cómo me iba a ser imposible pasar página.

—No hay error posible, Ruby.

—¿Qué quieres decir?

—Entre nosotros. No existen los errores. Todo está bien. Y puede que las cosas hayan empezado de una manera accidentada. Pero estoy aquí para reconducirlas.

—¿Reconducirlas? ¿Abordándome en un túnel oscuro de Central Park?

Intenté calibrar si estaba enfadada, pero nadie te besa así si lo está realmente.

Los manuscritos que llevaba se deslizaron de su mano derecha y cayeron al suelo húmedo del túnel. Sus manos buscaron mi cuello, y perseguían atraerme aún más hacia su generoso escote, el mejor lugar del mundo.

Me separé de ella con cuidado, pero sin dejar de rodear su cintura con mis brazos.

—Tienes toda la razón, Ruby. Esto está siendo accidentado.

—Desastroso —me dijo, mientras clavaba sus ojos azul marino en los míos.

—¿Por qué no empezamos desde cero?

Ruby dio un paso y mi espalda chocó contra la otra pared. Ella se apoyó en mi pecho.

—Eso implicaría salir de aquí ahora mismo —contestó.

—Y regresar a la oficina —añadí.

—No quiero salir de aquí.

Ruby estaba incandescente entre mis brazos y yo no estaba seguro de si podría contenerme una tercera vez. Esta vez ella se dejaba llevar y me besaba, exploraba mi lengua de la misma manera que yo recorría su piel blanca y suave: tomándose todo el tiempo del mundo.

—Esta mañana, cuando me has rodeado con tus brazos... me ha encantado —me dijo, recreando la misma postura, dándome la espalda para que yo la acogiera de nuevo y tuviese pleno acceso a su cuerpo.

Deslicé ambas manos debajo de su falda y seguí el rastro de su temperatura. Acaricié sus muslos y Ruby apoyó su melena de fuego sobre mi hombro, tentándome de nuevo con su cuello. Toda ella era un regalo inesperado que tal vez no merecía.

Entonces se giró y mientras su pelo se colaba entre mis dedos buscó el calor de mi pecho con sus manos.

Me estaba volviendo loco y si en un primer momento pensé que lo que estábamos haciendo no era digno de aquel húmedo túnel de piedra mal iluminado, en ese instante yo también me veía incapaz de salir de allí sin colmar su evidente deseo.

No. Ya era un hecho: me había vuelto loco. La había seguido como un *stalker* por las calles de Manhattan sin saber exactamente dónde iba y sin saber si regresaría aquel día a la oficina. La había abordado por la espalda y me la había llevado hacia un túnel estrecho y oscuro —por fortuna no era maloliente— donde ya no podíamos echar el freno.

Los ojos de Ruby permanecían entrecerrados, entregados a mis caricias.

Se agitó. Me dio la espalda de nuevo y yo busqué su coño con mis dedos. A medida que pasaban los segundos nos convertíamos un poco más en animales en celo.

Aparté la tela que lo cubría y la acaricié.

Soltó un grito y fue entonces cuando estiró sus brazos y los apoyó en la pared que teníamos delante. Ruby me ofrecía su cuerpo para que lo satisfaciera y yo no pensaba echar a perder aquella oportunidad.

Llevaba demasiadas horas pensando en ella.

Demasiados segundos.

Me incliné sobre su espalda y la rodeé de nuevo con mi brazo.

Lo bueno de estar allí, en aquel lugar público semi oculto, era que me vería obligado a separarme de ella en algún momento. Estiró el brazo izquierdo, palpando a oscuras mi entrepierna. En ese instante fue consciente de lo dura que se me había puesto en apenas unos segundos.

No podía creer que fuera a pasar. Un túnel de Central Park convertido en la cueva de nuestros instintos más primarios.

Ruby me acarició por encima del pantalón, pero sus gemidos sonaban cada vez más ahogados e impacientes.

Llevé sus manos más arriba, en la pared y los sujeté. Quería tener un mejor acceso a ella. Acaricié de nuevo su clítoris, esta vez con más intensidad, presionando en el punto justo y dejándolo libre al instante siguiente.

Cuando noté que el ritmo de su respiración aumentaba empecé a mover todos los dedos sobre él, de manera rápida y circular. Interpuse mi cuerpo entre la salida del túnel y el suyo para evitar que alguien que pasara por allí la viese mientras alcanzaba el clímax. Pero creo que ambos éramos perfectamente conscientes de que estábamos jugando con fuego.

Y aún así no pensábamos parar.

La mano izquierda de Ruby seguía peleándose con la cremallera de mi pantalón. Estaba muy claro lo que ella quería.

Y yo estaba más que dispuesto a dárselo allí mismo. La ayudé a sacarla. Se la serví en bandeja.

Me acerqué a ella y cubrí mi polla con la tela de su falda. Sus dedos la buscaron enseguida y la palparon en toda su dimensión. La rodeó con su mano y empezó a presionar, moviéndola arriba y abajo.

—Estoy preparada para ti, Brock —me dijo; y eso fue todo cuanto necesité oír.

Ruby echó la cadera hacia atrás y en el glorioso momento en que nuestros cuerpos encajaron, ella volvió a incorporarse, quedando casi de pie, de espaldas a mí. En esa posición no podía apreciar bien cómo su rostro se contraía, pero podía por fin amasar sus generosos pechos, que sobresalían del sujetador. Los cubrí con mi antebrazo y los masajeé.

Ella empujó de nuevo su cadera contra la mía, y me hundí un poco más en su cuerpo. Dios, aquello iba mucho más allá de la magia; mi mente prácticamente se cerró al tiempo que procesaba lo que estaba pasando.

Entonces reaccioné, la saqué de nuevo y volví a meterla, un poco más fuerte. Un poco más profundo. Traté de dilatar aquel minúsculo camino por su interior mientras sentía el calor, la estrechez que rodeaba mi polla en su cavidad.

—Santo dios —murmuré, como si alguien de repente me hubiese abierto las puertas del cielo.

Parte de mí hubiese deseado bajar el ritmo, hacerlo mucho más despacio, disfrutar de cada milímetro de aquella experiencia, pero la urgencia que nos envolvía, el tacto de aquella pared húmeda de piedra, nos llevaban en volandas.

Y el calor con el que Ruby me había recibido.

Seguí follándola sin compasión, colmando su deseo. Nuestros cuerpos se habían sincronizado a la perfección y parecían alimentarse el uno del otro. En ese momento su cadera se alzó un poco más, sus sonidos se embrutecieron por momentos, y eso me hizo aumentar el ritmo.

Ruby empezó a gemir más fuerte.

Notaba cómo nuestros fluidos se deslizaban entre sus piernas, convirtiendo sus ingles en una superficie resbalosa. No me quedó más remedio que sujetarla, pues debido a aquella inabarcable humedad, mi polla empezaba a deslizarse fuera de su interior. La agarré y me acomodé para poder llegar un poco más profundo.

—Br...Brock —gimió—. Estoy a punto.

—Ughhh. No puedes hablarme así, Ruby. Voy a correrme.

Aceleré mis embestidas. Sus uñas se clavaron en la pared y deseé que muy pronto lo hicieran en mi espalda.

—¿Sí? ¿Vas a correrte? —insistió, mientras yo sentía que me asalvajaba aún más.

—Joder —solté entre gruñidos, mientras me hundía por última vez en ella.

Disfruté de su calor durante unos segundos y me retiré rápidamente, corriéndome fuera, entre sus ingles empapadas. Con la mano derecha presioné de nuevo entre ellas hasta escuchar un grito desesperado escapándose de su garganta.

Ruby se apoyó en la pared, frente a mí, con la mirada clavada en el techo arqueado.

—Eso ha sido... no tengo palabras —dijo, una vez hubo recuperado el aliento.

Aguardé unos segundos antes de contestar.

—No tenemos que nombrarlo todo si no queremos.

Me agaché para recoger los manuscritos encuadernados que había dejado caer.

Se los entregué, y Ruby los abrazó enseguida.

—¿Salimos de aquí?

Ella asintió. Recolocamos rápidamente nuestra ropa y regresamos a la luz del día. Necesitábamos caminar, recobrar el aliento, tumbarnos un rato sobre el césped soleado. Simplemente, estar juntos.

Ruby me condujo hasta su rincón favorito de Central Park. El sol brillaba con fuerza. Nos tumbamos y la abracé. Estábamos casi solos en aquel gigantesco jardín del lado oeste del parque.

No necesitábamos las palabras para crear lazos. Y estos se habían estrechado aún más en pocos minutos si mi teléfono móvil no hubiese sonado de repente. Lo saqué del bolsillo trasero de mi pantalón y levanté la pantalla por encima de nuestras cabezas, interponiéndolo entre nosotros y el universo.

Era Evan.

En ese momento, el gesto de contrariedad de Ruby casi me pasó inadvertido.

—Lo siento. Tengo que cogerlo, me temo —dije. Me había largado de la oficina dejándole una nota en la que solo había escrito que regresaba en un rato.

Ruby asintió.

—Te espero aquí, leyendo.

Me levanté un salto y me alejé un poco en dirección a la arboleda para atender la llamada de mi compañero. Volví al cabo de cinco minutos.

Solo cinco minutos, lo juro.

Y Ruby ya no estaba. Se había marchado.

CAPÍTULO 6

BROCK

Aceleré el paso en Park Avenue, pero el tráfico estaba imposible en esa mañana que amenazaba con no terminar nunca. Consulté de nuevo la hora en la pantalla de mi móvil. Pasaban cuarenta minutos de la una. Y Ruby Elliott había vuelto a escaparse de mis brazos. Por tercera vez en una misma semana. Increíble.

Y cuanto más desapareciese más continuaría buscándola. En cualquier lugar y en cualquier momento.

A pesar de lo que me había dicho Evan.

Aún no sabía qué pensar, y supongo que todo aquello merecía una conversación más sosegada, a poder ser delante de unas cervezas. Pero aquel no era el momento, porque para mí había cosas más urgentes. Como encontrar a Ruby, obviamente.

Tumbados en el césped, me había dicho que no tenía pensado regresar a la oficina ese día. Necesitaba despejarse un poco, y por eso había cogido los dos manuscritos en los que quería empezar a trabajar y había decidido irse a leer al parque. Era algo que las chicas hacían a menudo. Irse a leer a otro sitio. A casa, a una cafetería, a la biblioteca.

De repente me invadió una profunda tristeza al ser consciente de lo poco que la conocía.

En el fondo no tenía ni la menor idea de qué sitio preferiría.

Ni de por qué se había marchado sin despedirse.

Algo me decía que tenía que ver con Evan. Sus ojos azules parecieron oscurecerse por momentos al ver su nombre en la pantalla de mi teléfono.

Y luego, después de nuestra breve conversación telefónica, más o menos entendía la situación.

Esperé delante del último de los semáforos de Park Avenue, a pesar de que sentía que mi tiempo con Ruby se agotaba. O tal vez ya se había agotado.

A la tercera, desaparezco.

Ese era el profético título del manuscrito que estaba leyendo Ruby cuando me alejé de ella. El mismo que se resbaló de sus manos mientras lo hacíamos contra la fría pared del túnel de Central Park.

Me estremecí de placer al recordarlo.

Aquello iba a ser difícil de superar, pero estaba dispuesto a intentarlo una y otra vez.

Evan me había llamado para disculparse por interrumpirnos en la sala de las impresoras hacía solo unas horas. Yo no sabía que aquello merecía una disculpa, pues éramos Ruby y yo quienes estábamos entorpeciendo en cierto modo el tránsito matutino de WonderBooks.

—No. No lo entiendes —dijo Evan, muy convencido—. Me he comportado como un niñato. Especialmente antes, cuando me has preguntado por Ruby.

—¿Qué quieres decir?

—Que sé perfectamente de quién me hablabas. Sé muy bien quién es la pelirroja porque... a mí me pasó exactamente lo mismo hace unos años.

—¿Cómo?

—Ella y yo... tuvimos un momento. En el mismo lugar. Pero me temo que ninguno de los dos le dio demasiada importancia. Por mí habría salido con ella, por supuesto. Faltaría más. Aunque solo hubiera sido para rematar la faena. Pero por esa época seguía casado con Edith.

Dios mío, cada palabra que escuchaba al otro lado de la línea telefónica añadía un poco más de drama a la situación.

—¿Quieres decir que te liaste con Ruby?

Un escueto y elocuente silencio fue todo lo que obtuve.

—¿Por qué no me lo has dicho esta mañana?

—La cuestión es que lo estoy haciendo ahora, para atajar cualquier posible problema entre nosotros, porque me he dado cuenta, Brock. No creas que no.

—¿Cuenta?

—De que la pelirroja te gusta de verdad. Solo quiero dejar claro que no pasó nada, que ella no tuvo nada que ver con el fin de mi matrimonio y que he sido totalmente sincero cuando te he animado esta mañana a que la invitaras a salir. Me parece una idea brillante. No sé por qué he ido a interrumpiros, la verdad. Eso sí ha sido un poco idiota por mi parte. Supongo que la situación me trajo ciertos recuerdos...

Sabía muy bien cuánto le estaba costando al impasible Evan hacer aquella llamada.

—Eh, entendido, tío. No te preocupes. Hablaremos con más calma en otro momento.

—¿Dónde estás, por cierto?

—En Central Park. He salido a hacer un recado. Volveré lo antes posible. ¿Ash está por ahí?

—¿Ash? No. Hace un buen rato que no lo veo. De hecho creía que estabas con él.

—Nah. De acuerdo, cúbreme. Estaré ahí lo antes posible. Te debo una.

Crucé el último semáforo. Iba a regresar a la oficina, sí, pero solo para buscar a Ruby y decirle que por supuesto que me daba exactamente igual lo que hubiese sucedido con Evan en el pasado. Que estaba dispuesto a salir de aquel edificio de su mano una y otra vez. Todos los días.

Hasta que dejara de escapar de mí.

RUBY

Sentada junto a uno de los ventanales de Mallory's Café, vi a Brock al otro lado de la calle, mirando a izquierda y derecha en el cruce del último semáforo. Parecía impaciente, con uno de sus pies sobre el asfalto de la calzada.

Era increíble cómo mi cuerpo reaccionaba cuando se presentaba ante mí, incluso aunque estuviese así de lejos, a salvo de sus manos irresistibles, detrás del ventanal de la cafetería.

Miré el maltrecho manuscrito y retiré una brizna de la hierba del parque que se había quedado pegada a la primera página.

En ese momento pensé en lo terrible que sería no volver a concentrarse en la lectura, no poder seguir una historia con normalidad y atención, porque la imagen de nosotros en aquel túnel oscuro, abandonados a nuestras pasiones más bajas, acudiría a mi mente una y otra vez.

Entendí lo que Linley nos había dicho tantas veces. Que la versión perfecta del amor romántico solo está en las novelas que publicamos.

Que en la vida real todo es problemático, imperfecto y muchas veces doloroso, y que haríamos bien en concentrarnos en nuestro trabajo.

Pero a esas alturas yo ya sabía que eso era imposible.

No iba a poder olvidarme de él tan fácilmente.

Pero lo iba a intentar. Y lo comprendí en el momento en que vi el nombre de Evan en la pantalla de su teléfono. Y até cabos. Entendí por qué solo unas horas antes su compañero nos había interrumpido en la habitación de las impresoras.

No sabía exactamente qué jueguecito traían entre manos, pero yo estaba a tiempo de retirarme de la partida.

De hecho ya me había retirado hacía unos años.

Por eso me fui mientras él hablaba por teléfono en el parque. El hecho de que se alejara más de lo normal para atender aquella llamada hizo que mis alarmas saltaran. Estaban hablando de mí. Tal vez le estaba contando a su amigo lo que habíamos hecho en aquel túnel.

Me tragué mis lágrimas, me levanté, y me fui corriendo hacia una de las salidas del oeste de Central Park. Detuve un taxi y estuve a punto de decirle que me llevase a casa. Solo una buena ducha caliente me ayudaría a pasar aquel mal trago. Pero después me dije que uno de los deliciosos *lattes* de vainilla de Mallory's también ayudarían. Y tal vez podría seguir leyendo allí. Era una cafetería en la que siempre lograba avanzar con mis manuscritos. El ambiente se prestaba a ello a la perfección.

Me daba pena pensar que aquello tan intenso que había nacido entre Brock y yo había caído en un profundo coma así de rápido. Pero tal vez era lo mejor. Ahora solo podía confiar en que fuese el caballero que parecía ser y que nadie en la oficina supiese jamás lo que habíamos hecho.

Tu promoción, piensa en tu promoción, me dije.

Di un sorbo a mi vainilla *latte*, abrí de nuevo el manuscrito y busqué en mi bolso un bolígrafo.

Había llegado el momento de ponerse a trabajar.

Perdí la noción del tiempo, y eso es una buena señal, porque significa que te has perdido dentro de la historia. Que la voz del narrador te lleva en volandas y hace que te olvides hasta de tu propia existencia. Y esa es la señal para saber que una novela tendrá éxito.

Pero la voz masculina que me sacó de ella era demasiado contundente para acallarla, o incluso para ignorarla.

—¿Puedo? —me preguntó Brock, señalando la silla que había al otro lado de mi mesa favorita de Mallory's.

Asentí.

—Prefiero sentarme de espaldas a la puerta —dijo—. En un sitio donde no te pierda de vista.

—Siento haberme marchado del parque sin decir nada. Es una fea costumbre.

—¿Irse de los sitios sin avisar?

—Exacto. Debo reconocer que suelo hacerlo. Pero supongo que esta vez sí tenía un buen motivo.

Brock extendió la mano encima de la mesa y cogió la mía. El bolígrafo cayó sobre la superficie de la mesa.

—Evan me ha contado lo que pasó hace tiempo y...

—Brock, yo siento mucho lo que...

—No, por favor, déjame terminar, porque es muy breve. Y muy específico. Nunca he tenido algo tan claro, Ruby.

Observé su gesto serio y decidido. Oh, dios mío, reconocía muy bien cualquier signo amoroso en la literatura, pero, ¿aquello no se parecía bastante? Había verdad en su tono de voz.

Brock continuó.

—Me ha contado que os besasteis. Hace años. ¿Y qué, Ruby? ¿Piensas que eso supone un problema para mí? Sé muy bien que no lo escogiste. No escogiste a Evan. Y sé muy bien que nunca llegaste tan lejos como has llegado conmigo.

Inclinó el cuerpo sobre la mesa. Estiró mi mano y besó mis nudillos. Uno por uno. Y yo me deshice.

—Estuvo mal, Brock, aunque no fuera más allá. Estaba casado y no lo tuve demasiado en cuenta. Era joven e inconsciente. Solo pensé en mi propia satisfacción. Ni siquiera eso... creí que era divertido confundirlo. Alguien me había dicho que Evan se estaba separando y, bueno... no quiero excusarme más. Pero tampoco quiero que pienses que ha sucedido lo mismo contigo.

Brock no parecía dispuesto a devolverme mi mano, como si de verdad temiese que me escaparía de nuevo.

—Empecemos de cero, *miss* Elliott. Aquí mismo. Ahora.

—Es un poco difícil deshacer todo lo que ha pasado esta mañana.

—Pizza. Tú y yo. El jueves por la noche.

Sonreí.

Ansiaba tener una conversación normal con él tanto como él conmigo. Una conversación normal y un plan normal. Comida, bebida, risas. Sin tener que escondernos.

—El jueves suelo tomar algo con Alice y las chicas en Bloomingdale's. ¿Por qué no pasas a buscarme por allí sobre las ocho?

Por un momento pensé que se echaría atrás, pero Brock sonrió y contestó.

—Será un placer pasar por allí a buscarte y saludar a tus amigas.

—Brock, una cosa...

—¿Sí?

—¿Cómo sabías que estaba aquí?

—Recordé que te he visto más de una vez sentada junto a la ventana leyendo. Cuando aún no podía ni imaginar que tendría la suerte de que te fijases en mí.

Miró su reloj.

—¿Has de volver a la oficina?

—Creo que Ash y Evan se las apañan bastante bien sin mí, pero si no voy empezarán a llamarme. ¿Y tú?

—Me quedo. Leyendo. Un ratito más. Esta historia es muy buena.

Me recreé en su último beso y mientras Brock se dirigía a la puerta, sin apartar su mirada de la mía, pensé que tal vez aquello que empezaba entre nosotros, con un poco de suerte y dedicación, sí sería la historia de amor perfecta que tantas veces habíamos leído Linley, Alice y yo.

Esta vez sí.

EPÍLOGO

S eis meses después
    RUBY

—Esperad, esperad. Un segundo. Dejadme terminar, por favor —Leah Ellington golpeó su copa de champagne semi vacía con la cucharilla —Solo quería añadir una cosa más. No habría conseguido llegar hasta donde estoy hoy sin la ayuda de mi editora, Ruby Elliott, de WonderBooks. Y quería pediros un aplauso también para ella. Y que suba aquí, por favor. ¡Ven aquí, Ruby!

Noté cómo Brock me apretaba la mano derecha.

El rumor se extendió muy rápido por toda la sala. Estábamos en el Hoeller; uno de los restaurantes favoritos de Linley. Habían reservado un espacio gigantesco para celebrar el lanzamiento de la nueva novela de Leah.

Y también su primer premio literario.

El Fantasy Rising Star le había sido concedido por su tercera novela, la cual habíamos lanzado hacía solo un par de semanas, y hacía tres días nos habíamos despertado con la estupenda noticia. Dean y Linley se pusieron en pie en cuanto mis compañeros y la plana literaria de Manhattan hicieron lo propio.

—¿A qué esperas para subir al escenario? —susurró Brock, riéndose a mi lado—. Ya has oído a la chica. No lo habría logrado sin ti.

Leah permanecía de pie sola, sobre el escenario improvisado. Estaba muy orgullosa de ella, no solo por lo que estaba consiguiendo con su novela en tiempo record, si no por la mujercita en la que se había convertido al decidir instalarse en Nueva York junto a Ash. ¡Quién lo iba a decir!

¡El mismísimo Ashton Fuller con nuestra Leah!

Eché un vistazo al entusiasmado público mientras me acercaba a ella. La mano de Leah ya estaba extendida para dar la bienvenida a la nueva y flamante editora senior de WonderBooks. O sea, ¡yo misma!

Aún no me creía que yo fuese esa persona. Pero resultó que Linley no mentía, y en cuanto nuestra Leah estampó su preciada firma en un contrato por sus próximos cinco libros, Dean Harrington, el director, me comunicó mi ascenso —con efecto inmediato, había recalcado—.

Subí al pequeño escenario del restaurante y Leah me abrazó. Se había convertido en tiempo record en una perfecta neoyorquina.

Hasta esa noche, no todo el mundo sabía de su relación con Ash —ni tampoco sobre la mía con Brock—; pero ese día solo cabía celebrar y a ambas nos daban exactamente igual los ojos muy abiertos de mucha gente al vernos a los cuatro compartir mesa. Al fin y al cabo ambas, con nuestro esfuerzo, habíamos puesto a WonderBooks en el mapa editorial de Manhattan. ¿Qué importaba que nuestros "más uno" fuesen dos de los empleados más reconocidos?

—¡Ruby Elliott, señores y señoras! —exclamó Leah delante del micrófono que algún incauto le había proporcionado.

—¡Que hable, que hable! —exclamó una voz masculina desde nuestra mesa. Sospeché de quién se trataba. Alguien que a estas alturas ya debería conocer mi aversión a hablar en público.

Cogí el micro. Gracias a dios que había aceptado ese *shot* de tequila y lo había volcado en mi garganta sin pensarlo, de lo contrario me hubiesen empezado a temblar las rodillas.

—Gracias, Leah. Ya hablaremos de esto luego —varias carcajadas sonaron en la sala—. Uau, cuánta gente. Sé que sacar adelante una excelente novela como la de Leah acaba por ser un trabajo en equipo; pero hoy no estaríamos aquí celebrando tantas buenas noticias sin el poder de su imaginación. ¡Así que quiero brindar intensamente por la portentosa imaginación de Leah Ellington!

Una mano invisible me alargó una flamante copa de *champagne*.

Decenas de copas se elevaron sobre las cabezas de los presentes. Pero yo no había terminado mi discurso.

—Alguien que está esta noche con nosotros, una persona muy sabia que tengo como referente, me dijo en una ocasión que en los libros es donde están las historias perfectas, las historias en las que podemos encontrarnos a salvo, donde nada ni nadie nos puede dañar. Esa persona siempre me ha animado a vivir intensamente en ellas. Ese es mi trabajo como editora. Pero esta noche ha venido conmigo una persona que me ha demostrado que a veces la realidad supera la ficción. Yo estoy viviendo mi historia perfecta y quiero compartir mi felicidad esta noche con todos vosotros.

Leah se acercó y me rodeó con su brazo.

El público estalló en un aplauso y al fondo de la sala observamos las figuras sonrientes de Brock y Ash.

Nuestro amor fuera de las páginas.

—Ah, una última cosa —di dos golpecitos en la cabeza del micro—. Creo que podemos enterrar definitivamente esa norma

de WonderBooks que prohíbe el amor entre empleados...
—añadí.

Leah se rio y me quitó el micro.

—Es todo, gracias por venir a nuestra charla...

Oímos la voz de Dean Harrington desde el fondo de la sala.

—¡¿Qué norma?!

Se extendió un nuevo rumor por el restaurante. Probablemente todo el mundo hablaría de mi atrevimiento al día siguiente, pero eso no impidió que un eufórico Dean se acercase hasta el escenario y se colocara entre nosotras, echando sus brazos sobre nuestros hombros.

—Uhm. Gracias, Leah y Ruby. Aprovecho la oportunidad para desmentir que tal norma exista, pero por si acaso, ¡queda completamente abolida aquí y ahora! Toma nota de esto, Liz. Enviaremos una circular por e-mail si es necesario. Disfrutad de la noche y seguid creando historias.

El público estalló en un nuevo aplauso.

Dean saltó del escenario, pero tardó un solo segundo en regresar de un salto y acercarse de nuevo al micrófono:

—Historias superventas, por favor.

A continuación puedes leer el primer capítulo de **LA HUIDA DE BELLA**, uno de mis relatos independientes (no pertenece a ninguna serie).

La huida de Bella: CAPÍTULO 1

DUNCAN

Estaba convencido de que ese no era su nombre real, pero yo ya no podría llamarla de otra forma. Bella. Observé cómo se deslizaba alrededor de la barra, sobre el escenario, vestida solo con un bikini mínimo y brillante. Nuestras miradas se cruzaron y creo que en ese instante bajé los ojos. Era complicado asimilar tanta belleza y ponerla en el contexto en el que me hallaba.

El sitio no era otro que el club de striptease de Roscoe.

Era la tercera vez en menos de diez días que acudía allí para tomar una copa con mi socio y amigo Justin. Esa era la versión que él tenía. Una excusa débil que dudaba que pudiese sostener durante mucho más tiempo. En realidad solo quería volver una y otra vez para verla a ella. A Bella. Todas las noches que hiciesen falta. Pero ya había decidido que la próxima vez acudiría solo.

—No te creas que no me he dado cuenta, Dun —me dijo Justin. Empezaba a arrastrar un poco algunas sílabas. Aquella noche conducía yo de regreso al motel donde nos alojábamos, y él ya iba por su tercera copa.

Desvié la mirada. En ese momento el local de Roscoe estaba en uno de sus momentos álgidos de la semana. Eran las doce de la noche del jueves y el bullicio era casi atronador.

—¿Qué es lo que no se te ha escapado esta vez? —le pregunté.

Justin señaló a la stripper con el dedo. A mi Bella.

—He visto cómo la miras.

—¿Acaso hay alguien en este antro que no la esté mirando?

—No. No no no. Ya sabes a lo que me refiero. Jamás has querido acompañarme a un club de striptease, Duncan. Nunca te ha dado la gana. Y esta noche estamos aquí por tu propia iniciativa. Por tercera vez. ¿Y piensas que voy a creerme que solo te apetecía tomar una copa? Si ni siquiera quieres beberte una cerveza.

Sonreí. Era muy difícil engañar a aquel cabrón. Demasiados años juntos.

—Eh, amigo. Que yo no te estoy juzgando —continuó—. Pero si te interesa esa chica deberías... no sé, acercarte a ella. Intentar hablarle. No siempre va a estar subida ahí arriba. O al menos ponerle uno de estos entre ese par de tetas.

Justin me extendió un billete de veinte dólares sobre la barra. La sola idea de plantarme delante de Bella y ofrecerle dinero a cambio de unos segundos de su atención me resultaba casi ofensiva. Le devolví el billete.

—Nah. Veinte dólares no llega para pagar ni uno de sus pestañeos.

Justin soltó una carcajada.

—¿Una stripper, Duncan? ¿Estás seguro? Podrías tener a la mujer que quisieras y te encaprichas de una de las chicas de Roscoe.

Me encogí de hombros. Tampoco me apetecía seguir negando la evidencia. Mi socio sacó la cartera del bolsillo. Una de las razones por las que estaba tan eufórico ese día era que había ganado una mano importante de póker justo antes de nuestro viaje.

—¿Qué haces? —le pregunté.

—Tengo una idea mejor —dijo, sacando un fajo de billetes—. Un lap dance. Te vas con ella a uno de esos apartados. Y que te haga un striptease privado detrás de la cortina. Y cuando termine le dices que te encantaría llevarla a cenar y al cine, y regalarle joyas.

—Tú ves demasiadas películas —respondí, riéndome—. Guarda eso, anda.

Justin levantó el dedo para llamar la atención de Mindy, la camarera. Una veterana del Roscoe que no había dejado de mascar chicle desde que habíamos entrado y a la que ya nada podía sorprender.

—Dime, guapo.

—¿Cuánto dirías que cuesta un show privado de aquella señorita? —le preguntó.

Le propiné una patada por debajo de la barra, pero no se dio por aludido.

—¿Quién? ¿Bella?

—Sí, aquella. La rubia flexible con cara de buena chica.

Mindy se rió abriendo mucho la boca y exhibiendo varias caries.

—Sigue soñando, guapo. Bella no hace privados. No los necesita. Es la chica de Roscoe que más dinero gana. La número uno. Con diferencia.

—Todos tenemos un precio —dijo Justin.

Mindy se encogió de hombros.

—Todos excepto Bella. Yo puedo hacerte ese show privado, si quieres —contestó la camarera. No había podido evitar echar un goloso vistazo al fajo de billetes que Justin había sacado de paseo por encima de la barra hacía unos segundos.

Me acerqué a su oído y le susurré que parase de una vez. A veces era un ordinario y un fanfarrón. Justin disfrutaba dejándome en evidencia solo para satisfacer su morbo personal. Mientras él se ponía a charlar con Mindy, le di la espalda y la contemplé de nuevo. La idea de que Bella supiese que se había insertado a fuego en mi pensamiento me provocaba vértigo. Era ridículo. No estábamos en el instituto. Soy un tipo con éxito y tengo mi propio negocio. Y ella es una stripper. Como mínimo. Quién sabe si va más allá.

La canción que sonaba en ese instante era Poison, de Alice Cooper. Bella se contorsionaba alrededor de la barra como si esta fuese una extensión de su cuerpo, una más de sus perfectas extremidades. Cada uno de sus movimientos se amoldaba a la música y a todas y cada una de mis expectativas. Observé el coro de babosos que tenía alrededor y que lanzaban billetes a sus pies. Ella les sonreía como si fuese de otro planeta.

Era una auténtica diosa y no podía dejar de pensar en ella desde hacía casi diez días, los más extraños de mi vida. Una stripper, Duncan Murphy. Nada menos. Diez días tratando de asimilar la realidad. Que me había colgado de una mujer que bailaba mientras se quitaba la ropa y de la que no sabía absolutamente nada. Ni siquiera su nombre real. Un nombre que ni ella misma me diría.

Y sin embargo, tal vez yo no era muy diferente de los tipos que la jaleaban a sus pies. Simplemente la observaba desde la distancia, desde la seguridad de la barra del bar. No me atrevía a acercarme, y si Justin se enteraba de todo lo que pasaba por mi cabeza se reiría de mí hasta el día del juicio final.

Mi proceso mental durante aquellos días había sido...curioso. Al principio, negué la evidencia. Traté de olvidarla, aniquilar mi obsesión todo lo rápido posible. Llamé a Julia, una antigua amiga con la que tenía citas esporádicas. Conduje hasta la ciudad; la invité a cenar y me sorprendí a mí mismo pensando en Bella mientras esperábamos el postre. Después, la llevé a su casa y esa misma noche traté de buscar algo de información sobre ella en internet. Menudo idiota. Como si estas chicas dejasen algún tipo de rastro en la red.

Bella era menuda, atlética y tenía una melena rubia y sedosa que le caía sobre los hombros. Los labios en forma de corazón, y las curvas más mareantes que recuerdo. Me gustaba fijarme en su mirada, en ver hacia dónde dirigía aquellos enormes ojos claros, y debo reconocer que me estremecí cada una de las ocasiones en las que creí que me estaba observando desde su pequeño escenario.

Me giré y vi que Justin seguía con la distendida conversación con Mindy.

—Vuelvo enseguida —murmuré, aunque mi amigo no me prestaba ninguna atención.

Me dirigí al baño del Roscoe y al salir me quedé plantado en medio de la sala. Bella seguía moviéndose por el escenario, y justo en aquel momento se desprendía de su sujetador. Inmediatamente cubría sus grandes pechos, rosados y perfectos, con su antebrazo. Era magnética. No podía apartar la mirada de ella, a pesar de que había otras chicas haciendo cosas muy parecidas en aquella sala.

Me encaminé hacia el borde de su escenario. En aquel momento no pensaba, solo respondía a mis impulsos. A pesar de la contundencia de sus curvas yo no podía apartar la mirada de sus ojos, convertidos en un ancla que ya nos había unido.

Bella se agachó, conectando intensamente con el público fervoroso de la primera fila. De nuevo, le llovieron los dólares. Dios mío, ¿cuánto dinero ganaba en una noche aquella chica? Me situé en un lateral del escenario y tuve que contemplar cómo se contorsionaba frente a un hombre. Ellos no podían tocarla, esa era la regla número uno del negocio. Ella sí podía tocarlos a ellos —tocarnos—, y en ese momento acariciaba con delicadeza la calva de un tipo.

Analicé rápidamente mis sentimientos al respecto. Sí, Duncan, esa es la realidad. Aquel era su trabajo. Y de repente me sobrevino un deseo egoísta de sacarla de allí, de llevármela a casa, de darle todas y cada una de las cosas que me pidiera.

A una mujer con la que no había cruzado ni una sola palabra.

Fue entonces cuando otro de los tipos que rondaba por los pies del escenario, un repulsivo y seboso cabrón, estiró su manaza y agarró la pierna de Bella. Ella, ágil y rápida, se zafó de su garra, pero el imbécil insistió.

—¡Ven aquí! —le gritó.

Fue demasiado para mí. Me lancé sobre él y le propiné un puñetazo en la mandíbula sin ningún tipo de preámbulo.

—¡Déjala en paz!

—¿Y tú? ¿De dónde sales, maldito mirón?

El sobón dio unos torpes pasos hacia atrás, mientras yo avanzaba hacia él y lo agarraba de las solapas de su mugrienta chaqueta.

—No vuelvas a tocarla.

El tipo se revolvió y me lanzó un torpe manotazo. Nos caímos al suelo. De repente tenía a dos gigantescos gorilas agarrándome cada uno de un brazo. Reconocí el bigote de Roscoe, el dueño del local, que observaba la escena impasible a cierta distancia. Nos sacaron de allí a los dos de inmediato, mientras Bella recogía todo su dinero y se perdía tras la cortina.

El imbécil se largó de allí temiendo que pudiese volver a por él en cuanto el equipo de seguridad del Roscoe me dejase en paz. Uno de ellos me miró de forma condescendiente:

—Las chicas de Roscoe ya nos tienen a nosotros para defenderlas. No necesitan que ningún otro idiota las proteja. ¿Has entendido? Creo que deberías marcharte a casa por esta noche.

Asentí, mientras trataba de calmar el ritmo de mi respiración. Lo que en realidad hubiese querido preguntarle era que, entonces, por qué no estaba haciendo su puto trabajo; pero por suerte recapacité rápido. Lo último que quería era que me prohibiesen la entrada del local y no poder volver a Bella y asegurarme de que estaba bien; y preguntarle de una vez por todas cuál era su nombre real.